JN105491

ばぁばのひとりごと

立《たつ》石《いし》しづ子《こ》

文芸社

「わたしは、今《いま》もここにいますよ……」

うららかな春《はる》の昼下《ひるさ》がり、まぶしそうに目《め》を細《ほそ》め、空《そら》を見上《みあ》げながら、今日《きょう》もばぁばはじぃじに話《はな》しかけている。

じぃじとばぁばが暮《く》らす白壁《しらかべ》の小《ちい》さな家《いえ》には、日当《ひあ》たりの良《よ》い縁側《えんがわ》がある。そこに、いつのころからか、じぃじ専用《せんよう》の籐椅子《とういす》が置《お》かれるようになった。じぃじはその椅子《いす》に座《すわ》り、こぢんまりとした庭《にわ》に植《う》えられている草花《くさばな》が、四季折々《しきおりおり》に変化《へんか》してゆく様子《ようす》を楽《たの》しみながら、時《とき》折目《おりめ》に見《み》えない誰《だれ》かに話《はな》しかけている。

そんなじぃじをばぁばは気《き》にかけていた。もし、じぃじが自分《じぶん》より後《あと》に残《のこ》ってしまったなら、電子《でんし》レンジの使《つか》い方《かた》すら覚《おぼ》えようとしないじぃじは、一人《ひとり》で暮《く》らしてゆけるのだろうか。

しかし、ばぁばとて、長年当《ながねんあ》たり前《まえ》に続《つづ》けている日々《ひび》の果《は》たさなければならない家事《かじ》も、歳《とし》を重《かさ》ねるごとに、辛《つら》くなりつつあった。

朝《あさ》、ばぁばが起《お》き出《だ》すころには、じぃじはすでに書斎《しょさい》で新聞《しんぶん》を広《ひろ》げている。朝一番《あさいちばん》に入《い》れたお茶《ちゃ》をじぃじの元《もと》に届《とど》け、それから、仏壇《ぶつだん》に線香《せんこう》をそなえ、手《て》を合《あ》わせる時《とき》、

「今日《きょう》も一日膝《いちにちひざ》の痛《いた》みがひどくなりませんように」と、祈《いの》ることが多《おお》くなってきた。

じぃじにとってばぁばは、なくてはならない、とても大切《たいせつ》な存在《そんざい》なのに、じぃじは時々頑固者《ときどきがんこもの》の意地悪《いじわる》になった。

「夕飯《ゆうはん》の支度《したく》はまだなのか。俺《おれ》は時間通《じかんどお》りじゃないといやなんだよ」

ぶつぶつと文句《もんく》を言《い》いながら、冷《ひ》えた残《のこ》りご飯《はん》を茶碗《ちゃわん》によそい、温《あたた》める手間《てま》も惜《お》しみ、冷蔵庫《れいぞうこ》から海苔《のり》や佃煮《つくだに》の瓶詰《びんづめ》を取《と》り出《だ》して、食事《しょくじ》を済《す》ませ、さっさと書斎《しょさい》にひきこもってしまう。作《つく》りかけの料理《りょうり》を前《まえ》にばぁばは、

「しょうもない人《ひと》ね。ご苦労《くろう》だね、と言《い》ってくれたためしがないんだから……」

と、ため息《いき》をついた。

「足《あし》が痛《いた》むのか。一緒《いっしょ》に旅行《りょこう》もできんのか」

じぃじは不機嫌《ふきげん》そうな顔《かお》をして、ばぁばを残《のこ》して一人《ひとり》でどこかへ出《で》かけてしまう。その後《うし》ろ姿《すがた》を目《め》で追《お》いながら、ばぁばは、

「一緒《いっしょ》のお墓《はか》になんか、絶対《ぜったい》に入《はい》ってあげませんからねぇ〜だ」

と、つぶやいていた。

頑固《がんこ》でわがままなじぃじとのこんなやり取《と》り。

「いつごろからかしら、あんなに不愛想《ぶあいそう》になってしまったのは……。六十年《ろくじゅうねん》以上《いじょう》もの間《あいだ》、嬉《うれ》しかったこと、悲《かな》しかったこと、悔《くや》しかったこと、いろんな出来事《できごと》を二人《ふたり》で乗《の》り越《こ》えてきたはずなのに……。もう少《すこ》し穏《おだ》やかに過《す》ごせないものなのかしら……」

と、ひとりごとを言《い》いながらばぁばは、肩《かた》を落《お》として、台所《だいどころ》に戻《もど》っていった。

じぃじは若《わか》いころから家庭《かてい》のことは一切合切《いっさいがっさい》ばぁばに任《まか》せ、四十年《よんじゅうねん》余《あま》りの間懸命《あいだけんめい》に働《はたら》き、頑張《がんば》っていた。たとえ体調《たいちょう》が悪《わる》そうな日《ひ》でも、

「仕事《しごと》があるから……」

と言《い》い、苦虫《にがむし》を噛《か》みつぶしたような顔《かお》をして出《で》かけてしまう。その後ろ姿《うしろすがた》は、何《なに》か強《つよ》い思《おも》いに突《つ》き動《うご》かされているのではないかと思《おも》えるほどだった。

それはきっと、学生時代《がくせいじだい》にやり切《き》れない思《おも》いがあったからなのだろう。

じぃじが学生《がくせい》のころは、国《くに》と国《くに》とが争《あらそ》い、個人的《こじんてき》には何《なん》の恨《うら》みもない異国《いこく》の人達《ひとたち》を敵《てき》と思《おも》えと教《おし》えられ、戦《たたか》わされた時代《じだい》だった。それぞれの国《くに》に譲《ゆず》れない難《むずか》しい問題《もんだい》があったのだろう。知《し》らず知《し》らずのうちに、自分達学生《じぶんたちがくせい》も教育《きょういく》され、巻《ま》き込《こ》まれていた。そんな厳《きび》しい時代《じだい》を共《とも》に過《す》ごした学友達《がくゆうたち》、いずれ自分達《じぶんたち》も軍隊《ぐんたい》に入《はい》らねばならないのだから、それまでの間《あいだ》、学《まな》べるだけ学《まな》んでおこうと、みんな必死《ひっし》で勉強《べんきょう》に励《はげ》んだ。

そんな中《なか》、タンちゃんの家《いえ》から欠《か》き餅《もち》や干《ほ》し柿《がき》が届《とど》くと、和気《わき》あいあい、学生寮《がくせいりょう》の狭《せま》い一室《いっしつ》で、車座《くるまざ》になり、語《かた》り合《あ》うのが楽《たの》しかった。タンちゃんの家《いえ》は、北国《きたぐに》でお米《こめ》や野菜《やさい》を育《そだ》てる農家《のうか》だった。

タンちゃんは、北国《きたぐに》の暮《く》らしの厳《きび》しさを教《おし》えてくれた。

「窓《まど》の隙間《すきま》から吹《ふ》き込《こ》んだ雪《ゆき》が、朝《あさ》には枕元《まくらもと》で山《やま》になっているよ。夏《なつ》になっても冷気《れいき》が入《はい》ってくると、せっかく植《う》えた苗《なえ》だって育《そだ》たなくなるんだ。だから、そんな土地《とち》でも沢山収穫出来《たくさんしゅうかくでき》て美味《おい》しい作物《さくもつ》がとれるよう、品種改良《ひんしゅかいりょう》の勉強《べんきょう》がしたいんだ。そうすれば、みんなが腹《はら》を空《す》かせずにすむだろう……」

目《め》を輝《かがや》かせて話《はな》していた。

読書好《どくしょず》きのスケさんは、自分達《じぶんたち》が今目《いまめ》にしている報道《ほうどう》やラジオで流《なが》されているニュースは、何《なに》か変《へん》だと口《くち》をとがらせていた。

「世界中《せかいじゅう》の新聞《しんぶん》や本《ほん》を自由《じゆう》に読《よ》ませてもらえたらいいのになぁ……今何《いまなに》が起《お》こっているのか、本当《ほんとう》のことが分《わ》かるのになぁ……」

と、もどかしさを感《かん》じていた。

母親思《ははおやおも》いのサダやんの望《のぞ》みは、

「稼《かせ》げるようになったら、朝《あさ》から晩《ばん》まで働《はたら》き通《どお》しのかあちゃんを温泉《おんせん》に連《つ》れていくんだ。家《いえ》から宿《やど》までは自動車《じどうしゃ》に乗《の》せて、楽《らく》させてあげたいんだ」

と、張《は》り切《き》っていた。

それぞれのささやかな願《ねが》いに向《む》かって歩《あゆ》み出《だ》す姿《すがた》を見《み》ることも叶《かな》わないまま、別《わか》れなければならなくなった学友達《がくゆうたち》。

ある者《もの》は海軍《かいぐん》に志願《しがん》したと聞《き》いた。またある者《もの》はB《びー》29の攻撃《こうげき》を真《ま》っ先《さき》に受《う》けそうな軍需工場《ぐんじゅこうじょう》に駆《か》り出《だ》されていった。親《した》しかった友《とも》は、霞ケ浦《かすみがうら》の*予《よ》科練《かれん》に加《くわ》わり、いつしか手紙《てがみ》も途絶《とだ》えた。

*予科練《よかれん》　戦争中《せんそうちゅう》海軍飛行予科練習生《かいぐんひこうよかれんしゅうせい》の教育《きょういく》を行《おこな》った学校《がっこう》。茨城県阿見町《いばらきけんあみまち》に予科練平和記念館《よかれんへいわきねんかん》がある。

八十歳《はちじっさい》を過《す》ぎたころ、じぃじは、ばぁばと一緒《いっしょ》に予科練《よかれん》の記念館《きねんかん》をたずねたことがあった。壁《かべ》に掛《か》けられていた一枚《いちまい》の軍服姿《ぐんぷくすがた》の遺影《いえい》の前《まえ》でじぃじは立《た》ち尽《つ》くしてしまった。

「サダやん、君《きみ》か……

戦争《せんそう》は嫌《いや》だな……」

潤《うる》むような声《こえ》で、じぃじはつぶやいていた。生《う》まれ故郷《こきょう》を後《あと》にしなければならなくなった十五歳《じゅうごさい》の春《はる》以来《いらい》の再会《さいかい》だった。

国《くに》のため　命《いのち》を捧《ささ》げて　予科練《よかれん》の

試練《しれん》に耐《た》えて　逝《ゆ》きし友《とも》

その日《ひ》の日記《にっき》にじぃじは綴《つづ》っていた。

なぜじぃじが時折《ときおり》縁側《えんがわ》で見《み》えない誰《だれ》かに話《はな》しかけていたのか、ばぁばにも分《わ》かるような気《き》がした。

じぃじは軍隊《ぐんたい》に入隊《にゅうたい》した直後《ちょくご》に、盲腸炎《もうちょうえん》から腹膜炎《ふくまくえん》をおこし、長《なが》い療養《りょうよう》が必要《ひつよう》となってしまった。手術後《しゅじゅつご》は治療《ちりょう》のための薬品《やくひん》も乏《とぼ》しく、ひたすら横《よこ》になり、回復《かいふく》を待《ま》つ日々《ひび》。そして八月十五日終戦《はちがつじゅうごにちしゅうせん》の日《ひ》を迎《むか》えてしまった。「お国《くに》のためになれ」と教《おし》えられていながら、お役《やく》にも立《た》てず、一人取《ひとりと》り残《のこ》され、無念《むねん》だと思《おも》った。明《あ》かりの消《き》えた部屋《へや》の中《なか》で、これからどんな気持《きも》ちで生《い》きてゆけばいいのだろうと、問《と》い続《つづ》けた。そして、輪《わ》になって語《かた》り合《あ》った学友達《がくゆうたち》が思《おも》い描《えが》いていた望《のぞ》みが実現《じつげん》するような世《よ》の中《なか》になるように、頑張《がんば》って生《い》き抜《ぬ》いてみようと心《こころ》に誓《ちか》った。

じぃじは自分《じぶん》の歩《あゆ》んできた人生《じんせい》の話《はなし》など、誰《だれ》にも分《わ》かってはもらえないだろう、と思《おも》い続《つづ》けていたようだ。でも、自分《じぶん》が経験《けいけん》してきた戦《せん》争《そう》という現実《げんじつ》を目《め》の前《まえ》に見《み》た記念館《きねんかん》での出来事《できごと》以来《いらい》、わずかずつでも自分《じぶん》の昔語《むかしがた》りをしなければならないのでは、と思《おも》い始《はじ》めていた。

戦争《せんそう》が終《お》わり、世《よ》の中《なか》も少《すこ》しずつ落《お》ち着《つ》き始《はじ》め、ようやく安定《あんてい》した収入《しゅうにゅう》が得《え》られる職業《しょくぎょう》に就《つ》くことが出来《でき》るようになったのは、二十《にじゅう》代《だい》も後半《こうはん》になってからだった。戦争中《せんそうちゅう》お国《くに》のお役《やく》に立《た》てなかったのだから、これからは貿易《ぼうえき》の仕事《しごと》でお国《くに》が豊《ゆた》かになるように、精一杯《せいいっぱい》働《はたら》こうと思《おも》った。何《なに》か新《あたら》しい仕事《しごと》を始《はじ》める時《とき》には、いつも、あの学《がく》友達《ゆうたち》が背中《せなか》を押《お》してくれているような、そんな気《き》がしてならなかった。

初《はじ》めての海外赴任地《かいがいふにんち》はアメリカだった。そこで過《す》ごした五年余《ごねんあま》りの間《あいだ》には日本《にほん》から様々《さまざま》な人達《ひとたち》が学《まな》びにやってきた。一《いち》ドルが三六〇《さんびゃくろくじゅう》円《えん》で交換《こうかん》された時代《じだい》、留学生活《りゅうがくせいかつ》は容易《ようい》ではなかっただろう。でも、彼《かれ》らの目《め》は学《まな》べる喜《よろこ》びで輝《かがや》いていた。そんな若者達《わかものたち》にタンちゃんの面《おも》影《かげ》が重《かさ》なり、可能《かのう》な限《かぎ》りの和食《わしょく》でもてなし、応援《おうえん》せずにはいられなかった。

五年《ごねん》の任期《にんき》を終《お》えて帰国《きこく》すると、紙《かみ》パルプを扱《あつか》う部署《ぶしょ》に配属《はいぞく》された。嬉《うれ》しかった。輸入《ゆにゅう》されたパルプで様々《さまざま》な書籍《しょせき》が出版《しゅっぱん》されれば、スケさんもきっと喜《よろこ》んでくれるはずだと思《おも》った。

間《ま》もなく自動車産業《じどうしゃさんぎょう》が活発《かっぱつ》になってきた。快適《かいてき》な車《くるま》の普及《ふきゅう》に必要《ひつよう》な物《もの》は何《なん》だろう。天然《てんねん》ゴムの輸入《ゆにゅう》プロジェクトがあると聞《き》いた東南《とうなん》アジアに赴任《ふにん》を決めた。従兄《いとこ》が南方《なんぽう》の戦地《せんち》でマラリアに罹《かか》ったこともあり、家族《かぞく》は心配《しんぱい》したけれど、親思《おやおも》いのサダやんの望《のぞ》みを思《おも》い出《だ》し単身任地《たんしんにんち》に赴《おもむ》く勇気《ゆうき》が湧《わ》いた。

日本国内《にほんこくない》では〈もはや戦後《せんご》ではない〉などと言《い》われ始《はじ》めてはいたが、戦争《せんそう》の記憶《きおく》が消《き》えていない現地《げんち》の人《ひと》から、時《とき》に、「日本人《にほんじん》か」と、詰《つ》め寄《よ》られることもあったという。

昭和二十年八月十五日《しょうわにじゅうねんはちがつじゅうごにち》の終戦《しゅうせん》の日《ひ》を境《さかい》に、復興《ふっこう》のため日本中《にほんじゅう》がむしゃらに頑張《がんば》り続《つづ》けてきた。三十年《さんじゅうねん》が過《す》ぎ、様々《さまざま》な人々《ひとびと》の努力《どりょく》のお陰《かげ》で経済大国《けいざいたいこく》と言《い》われるまでになった。便利《べんり》な電化製品《でんかせいひん》も普及《ふきゅう》し、日々《ひび》の食卓《しょくたく》も昔《むかし》と比《くら》べものにならないほど豊《ゆた》かになった。

農作物《のうさくもつ》の品種改良《ひんしゅかいりょう》の研究《けんきゅう》も進《すす》み、美味《おい》しく実《みの》った作物《さくもつ》が北《きた》の国《くに》から都会《とかい》へも届《とど》くようになった。タンちゃんは喜《よろこ》んでくれるだろうか。情報《じょうほう》が乏《とぼ》しいと嘆《なげ》いていたスケさんに、今《いま》は世界中《せかいじゅう》の様々《さまざま》なニュースを知《し》ることが出来《でき》るし、あらゆる分野《ぶんや》の書物《しょもつ》があふれているよと、伝《つた》えたい。

　マイカーを持《も》つ人《ひと》も増《ふ》えた。家《いえ》から目的地《もくてきち》までいくのも容易《ようい》になった。お年寄《としよ》りでも気楽《きらく》に温泉《おんせん》旅行《りょこう》が楽《たの》しめるだろう。母親《ははおや》を乗《の》せて車《くるま》を走《はし》らせるサダやんの嬉《うれ》しそうな横顔《よこがお》が脳裏《のうり》に浮《う》かんだ。

　仕事《しごと》一筋《ひとすじ》のじぃじにとっては、あっという間《ま》の三十年《さんじゅうねん》だった。

気《き》が付《つ》くと、じぃじも五十代《ごじゅうだい》になっていた。残業続《ざんぎょうつづ》きの毎日《まいにち》、終電《しゅうでん》を逃《のが》し、暗《くら》い帰《かえ》り道《みち》、

「あの不幸《ふこう》な争《あらそ》いの時代《じだい》に二度《にど》と戻《もど》るのはいやだから、夜《よる》も昼《ひる》もなく頑張《がんば》ってきたけれど、一緒《いっしょ》に遅《おそ》くまで付《つ》き合《あ》ってくれている、戦争《せんそう》を知《し》らない若者達《わかものたち》を見《み》ていると、自分達《じぶんたち》の仕事《しごと》のやり方《かた》や考《かんが》え方《かた》が良《よ》かったのか、分《わ》からなくなってきた。考《かんが》えながら歩《ある》いていたらいつの間《ま》にか土手《どて》の上《うえ》を歩《ある》いていたよ……」

珍《めずら》しくばぁばに弱音《よわね》を吐《は》いた。もはや無理《むり》のきかない歳《とし》になっていたのだろう。

そんなじぃじの体《からだ》を気遣《きづか》いながら、ばぁばは黙々《もくもく》と家事《かじ》をこなし、そうすることがじぃじの助《たす》けになると信《しん》じ、日々《ひび》を過《す》ごすうちに、いつしか多《おお》くの年月《としつき》が流《なが》れていた。いたわりの言葉《ことば》やありがとうの一言《ひとこと》も口《くち》にしない素《そ》っ気《け》ないじぃじのために送《おく》る毎日《まいにち》の役割《やくわり》は、時《とき》に、まるで賽《さい》の河原《かわら》で小石《こいし》を積《つ》み上《あ》げているような侘《わび》しい気持《きも》ちにさせられることもあった。

二人《ふたり》の家《いえ》の近《ちか》くに、小《ちい》さな喫茶店《きっさてん》がある。定年《ていねん》を迎《むか》えてからのじぃじは、週《しゅう》に一度《いちど》、そのお店《みせ》でランチを食《た》べ、コーヒーを飲《の》みながら、家《いえ》から持《も》ってきた歴史小説《れきししょうせつ》を読《よ》むのを楽《たの》しみにしていた。じぃじにとって、この喫茶店《きっさてん》で過《す》ごすゆったりとした時間《じかん》は、長《なが》い間《あいだ》頑張《がんば》ってきた自分《じぶん》へのご褒美《ほうび》に思《おも》えていた。

コーヒーを飲《の》み終《お》えると、静《しず》かに本《ほん》を閉《と》じ、黙《もく》したままレジで支払《しはら》いを済《す》ませ、コツコツと杖《つえ》の音《おと》を響《ひび》かせて帰《かえ》っていった。それが、いつものじぃじのルーティンとなっていた。

しかし、その日《ひ》は何《なに》かが違《ちが》っていた。じぃじは、いつもの窓《まど》際《ぎわ》のソファーの席《せき》ではなく、マスターが調理《ちょうり》する姿《すがた》がよく見《み》えるカウンターの席《せき》に腰掛《こしか》け、話《はな》しかけてきた。

「ごちそうさま。今日《きょう》も美味《おい》しかったよ。いろんな国《くに》の料理《りょうり》を食《た》べてきたけれど、マスターの料理《りょうり》は世界中《せかいじゅう》で二番目《にばんめ》に、いいねぇ」

今《いま》まで見《み》せたことのないお茶目《ちゃめ》な表情《ひょうじょう》で、顔《かお》をほんのり紅潮《こうちょう》させながら、じいじは話《はな》し始《はじ》めた。

「なんて言《い》ったって、妻《つま》のアイデア料理《りょうり》に勝《まさ》るものはないからね。妻《つま》の料理《りょうり》には、時々何《ときどきなに》か考《かんが》えさせられるヒントがあるんだ。古《ふる》い話《はなし》だけど、終戦直後《しゅうせんちょくご》は、今《いま》では想像《そうぞう》もつかないほど食料《しょくりょう》が乏《とぼ》しくて、先《さき》の見《み》えない憂鬱《ゆううつ》な毎日《まいにち》だったよ。そんな時《とき》でも、妻《つま》は色々《いろいろ》と工夫《くふう》して楽《たの》しませてくれた」

食後《しょくご》のコーヒーの香《かお》りを楽《たの》しみながら、じぃじの話《はなし》は続《つづ》いていった。

「妻《つま》がね、結婚式《けっこんしき》の時《とき》に着《き》ていた、親《おや》から譲《ゆず》り受《う》けた晴《は》れ着《ぎ》を質《しち》に入《い》れて、お米《こめ》に換《か》えてしまったんだ。質《しち》屋《や》のおじさんは、度々《たびたび》くる人《ひと》だからと言《い》って、品物《しなもの》を確《たし》かめもせずお金《かね》を渡《わた》してくれたと喜《よろこ》んでいたよ。

普通《ふつう》ならそんなお米何回《こめなんかい》かに分《わ》けて、雑炊《ぞうすい》にして食《た》べるところだろう。だがね、なぜか妻《つま》はそれで桜《さくら》ご飯《はん》を炊《た》いたんだ。醤油《しょうゆ》で味《あじ》をつけたご飯《はん》だよ。それを重箱《じゅうばこ》に詰《つ》めて食卓《しょくたく》に運《はこ》んできた。そして、

『京都《きょうと》を旅《たび》している気分《きぶん》を味《あじ》わいましょうよ』

と、言《い》いながら、重箱《じゅうばこ》のふたを開《あ》けた。桜色《さくらいろ》？　とも言《い》えなくもないかな、そんなご飯《はん》の上《うえ》に、庭《にわ》のもみじの葉《は》が散《ち》らしてあった。赤子《あかご》の手《て》のひらのようなみずみずしい青《あお》もみじ。その時《とき》、いつの日《ひ》にか自由《じゆう》に旅《たび》を楽《たの》しめる未来《みらい》がやってくる。そんな明《あか》るい気持《きも》ちが湧《わ》いてきたよ」

料理《りょうり》が二番《にばん》と言《い》われて、思《おも》わず苦笑《くしょう》してしまったマスターだったが、サイフォンに残《のこ》ったおかわりのコーヒーをじぃじのカップに注《そそ》ぎ、話《はなし》に耳《みみ》を傾《かたむ》けていた。

「半世紀《はんせいき》以上《いじょう》も前《まえ》になるなぁ。仕事《しごと》でアメリカで暮《く》らしていた時《とき》、商談《しょうだん》がうまくいかなくて、家《いえ》で酒《さけ》を飲《の》んで気持《きも》ちを静《しず》めていた。

『日本人《にほんじん》は会議《かいぎ》でも発言《はつげん》しませ～ん。イエスかノーかハッキリしてくださーい、ってすごい勢《いきお》いで迫《せま》られると、委縮《いしゅく》してしまうよ……』

と、ぼやいていたら、妻《つま》が、

『まねっこ、ぬか漬《づ》け～』

と、言《い》いながら、キュウリのお新香《しんこ》を出《だ》してくれた。

当時《とうじ》は海外《かいがい》で日本《にほん》の食材《しょくざい》なんか調達《ちょうたつ》するのは、難《むずか》しかったからね。妻《つま》がどこかで聞《き》いてきたのか、パンとビールに塩《しお》を加《くわ》えてこね、ぬか床《どこ》もどきを作《つく》っていたんだな。味《あじ》は本物《ほんもの》のぬか漬《づ》けにはとうてい及《およ》ばなかったけど、噛《か》みしめながら涙《なみだ》が出《で》たよ。〈似《に》て非《ひ》なるもの〉とでも言《い》うのかな、それでも懐《なつ》かしいと思《おも》える自分《じぶん》は、紛《まぎ》れもなく、日本《にほん》人《じん》なんだと思《おも》い知《し》らされたよ」

マスターが添《そ》えてくれた砂糖《さとう》とミルクをコーヒーに加《くわ》え、ゆっくりとスプーンを回《まわ》しながら、じぃじは、今《いま》まで語《かた》れなかった、心《こころ》の奥《おく》に秘《ひ》めていた思《おも》いを吐《は》き出《だ》すかのように、語《かた》り始《はじ》めた。

BEER
BREAD
BEER
SALT

「戦後《せんご》は、軍国主義《ぐんこくしゅぎ》から民主主義《みんしゅしゅぎ》へ考《かんが》え方《かた》が百八十度変化《ひゃくはちじゅうどへんか》ってしまって、戸惑《とまど》うばかりだったよ。自分《じぶん》は軍国教育《ぐんこくきょういく》を受《う》けて育《そだ》ったから、国《くに》が負《ま》けたというショックからなかなか抜《ぬ》け出《だ》せなくってね。だから、すぐに外《そと》の国《くに》と比較《ひかく》してしまって、日本《にほん》が劣《おと》っていると言《い》われるデータや意見《いけん》ばかり気《き》になっていたよ。いつの間《ま》にか、日本人《にほんじん》だという現実《げんじつ》でさえ卑屈《ひくつ》に感《かん》じてしまっていたんだな。

そんな時《とき》、十数年前《じゅうすうねんまえ》まで〈敵《てき》だと思《おも》え〉と言《い》われた国《くに》へ赴任《ふにん》することになった。当時《とうじ》の日本《にほん》に比《くら》べ、その発展《はってん》ぶりには、驚《おどろ》いたよ。デスクを並《なら》べている人達《ひとたち》と、なぜ武器《ぶき》を持《も》って戦《たたか》えと言《い》われたのか分《わ》からなくなった。その反動《はんどう》で、〈外国《がいこく》かぶれ〉という言《い》い方《かた》をしてもいいのかな、彼《かれ》らのスタイルを真似《まね》ることがカッコいいと思《おも》ってしまっていた」

店内《てんない》に流《なが》れるＢＧＭ《びーじーえむ》が重厚《じゅうこう》なクラシックから、いつもは聴《き》き入《い》ってしまう懐《なつ》かしのメロディーに変《か》わっても、じぃじは話《はな》すことに夢中《むちゅう》になっていた。

「でも、次第《しだい》に彼《かれ》らの生活《せいかつ》や考《かんが》え方《かた》に馴染《なじ》むことは出来《でき》ても、同《おな》じにはなれないと感《かん》じ始《はじ》めていたんだ。妻《つま》の〈まねっこ〉の言葉《ことば》で目《め》が覚《さ》めたよ。あのころは彼《かれ》らに、〈日本人《にほんじん》はすぐに私達《わたしたち》の真似《まね》をする〉と言《い》われてしまっていたからね。

似合《にあ》わない物真似《ものまね》をして無理《むり》に彼《かれ》らの話《はなし》に合《あ》わせてみたり、勢《いきお》いに押《お》されて大切《たいせつ》な会議《かいぎ》の場《ば》でも委縮《いしゅく》して口《くち》ごもったりするから、彼《かれ》らももどかしくて、苛立《いらだ》ってしまっていたのかもしれない。

日本人《にほんじん》なりの反論《はんろん》やアイデアがあるのなら、言葉《ことば》での説明《せつめい》が無理《むり》なら絵《え》に描《か》いてでも、分《わ》かってもらえるように頑張《がんば》って、堂々《どうどう》と主張《しゅちょう》していかなければ、この国《くに》では、同《おな》じ土俵《どひょう》に上《あ》がることすら出来《でき》ないのだ。いつまでも過去《かこ》を引《ひ》きずって卑屈《ひくつ》になっていても意味《いみ》がないんだと、考《かんが》えを改《あらた》める切《き》っ掛《か》けになったよ」

新《あら》たな曲《きょく》が店内《てんない》に流《なが》れ始《はじ》めると、じぃじは突然黙《とつぜんだま》り込《こ》んでしまった。

おもむろに、

「マスター、これ〈TOO　YOUNG《*トゥ　ヤング》〉って曲《きょく》だろう。アメリカで、よく聴《き》いていたよ。〈トゥ　ヤング〉という言葉《ことば》を耳《みみ》にすると、心《こころ》が痛《いた》むんだ。自分達《じぶんたち》は十九歳《じゅうきゅうさい》の若《わか》さで結婚《けっこん》せざるを得《え》なくなったからね。自分《じぶん》は、戦争《せんそう》が終《お》わったら、国《くに》の経済《けいざい》が豊《ゆた》かになる必要《ひつよう》があると考《かんが》えていたから、文科系《ぶんかけい》の学生《がくせい》になったんだ。そうしたら、学徒出陣《*がくとしゅつじん》の命令《めいれい》が出《で》て、陸軍《りくぐん》に入隊《にゅうたい》しなければならなくなってね。そのころには両親《りょうしん》もいなくなっていたし、弟《おとうと》と妹《いもうと》を残《のこ》していかなければならないので、困《こま》ってしまったよ。

＊トゥ・ヤング　歌手《かしゅ》のナット・キング・コールが若過《わかす》ぎる恋《こい》を歌《うた》ってヒットした曲《きょく》。
＊学徒出陣《しゅつじん》　第二次世界大戦中《だいにじせかいたいせんちゅう》、文科系《ぶんかけい》の学生《がくせい》の徴兵猶予《ちょうへいゆうよ》が停止《ていし》され、在籍《ざいせき》のまま陸軍《りくぐん》に入隊《にゅうたい》させられたこと。

弟《おとうと》が十歳《じっさい》、妹《いもうと》が八歳《はっさい》のころから何《なに》かと世話《せわ》を焼《や》いてくれていた、従妹《いとこ》、それが妻《つま》だけど、頼《たよ》らざるを得《え》なかったんだ。お互《たが》いに悩《なや》んだよ。看護婦《かんごふ》になる夢《ゆめ》を摘《つ》んでしまったからね。戦争《せんそう》がなければ別々《べつべつ》の道《みち》を歩《あゆ》んでいたかもしれないな」

曲《きょく》が終《お》わるまで、じぃじは押《お》し黙《だま》ったまま聴《き》き入《い》っていた。

「一九五〇年代《せんきゅうひゃくごじゅうねんだい》の曲《きょく》だそうだけど、心《こころ》にしみる曲《きょく》だろう。ラジオでよく流《なが》れていたよ。確《たし》かそのころだったね、アジア初《はつ》のオリンピックが東京《とうきょう》で開《ひら》かれたのは。それをきっかけに、日本《にほん》に興味《きょうみ》を持《も》ってくれる人《ひと》も多《おお》くなって、日本《にほん》の社会《しゃかい》や文化《ぶんか》のことを質問《しつもん》してくるんだ。

だけど、二人《ふたり》とも学《まな》ばなければいけない時《とき》に、勤労奉仕《きんろうほうし》しなければならなかったし、食料《しょくりょう》の買《か》い出《だ》しに駆《か》り出《だ》されることもあったり、家《いえ》の手伝《てつだ》いに追《お》われたり、戦争《せんそう》が激化《げきか》すると空襲《くうしゅう》に備《そな》えたりしなければならなくて、とにかく勉強《べんきょう》したり、稽古《けいこ》に通《かよ》ったりする時間《じかん》もチャンスも与《あた》えてもらえなかったんだ。お国自慢《くにじまん》をしたくても、十分《じゅうぶん》な知識《ちしき》も技術《ぎじゅつ》も乏《とぼ》しくて、恥《は》ずかしい思《おも》いで過《す》ごしていたよ。

〈壊滅的《かいめつてき》に破壊《はかい》された国土《こくど》をわずか二十年《にじゅうねん》足《た》らずで国際的《こくさいてき》な大会《たいかい》が開《ひら》けるまで復興《ふっこう》させた日本《にほん》という国《くに》はどんな所《ところ》ですか？〉

と、聞《き》かれても、

『いやぁ……日本《にほん》は、まだまだこれからですから……』

と、謙遜《けんそん》して言葉《ことば》を濁《にご》してしまっていた。

そんな調子《ちょうし》だから、自分《じぶん》の国《くに》の誇《ほこ》れる文化《ぶんか》を紹介《しょうかい》も出来《でき》ない、得《え》体《たい》のしれない日本人《にほんじん》だと思《おも》われてしまっていたんじゃないかな。学《まな》ばなければいけない時《とき》に、きちんと学《まな》ばせてもらえることは、この上《うえ》もなく幸《しあわ》せなことなんだよ。

戦争《せんそう》という魔物《まもの》は、戦場《せんじょう》でなくても、思《おも》いもよらない所《ところ》までいろんな形《かたち》になって追《お》いかけてくるものなんだね」

一気《いっき》に話《はな》し終《お》えると、大《おお》きく一呼吸《ひとこきゅう》して、カップに残《のこ》ったコーヒーを飲《の》み干《ほ》し、

「戦中戦後《せんちゅうせんご》の食料《しょくりょう》も収入《しゅうにゅう》も乏《とぼ》しい混乱期《こんらんき》、弟妹《おとうといもうと》の面倒《めんどう》、慣《な》れない外国《がいこく》での生活《せいかつ》。妻《つま》には苦労《くろう》の掛《か》けっぱなしだったなぁ。ありがたいと思《おも》っているよ。でも、気持《きも》ちって伝《つた》えられないものだね。怖《こわ》いんだよ。〈ありがとう〉なんて言《い》い慣《な》れない言葉《ことば》、いきなり口《くち》にしたりしたら、妻《つま》の身《み》に何《なに》か良《よ》くないことでも起《お》こりゃしないかってね……」

照《て》れくさそうに笑《わら》った。思《おも》いのたけを話《はな》すことが出来《でき》て満《み》たされたのか、この日《ひ》はいつものように本《ほん》を開《ひら》くこともせず、

「古《ふる》い話《はなし》ばかり長々《ながなが》としてすまなかったね。今日《きょう》はこれで失敬《しっけい》するよ。最近妻《さいきんつま》もすっかりおばあさんになってしまってね、辛《つら》そうにしていることが多《おお》くなったんだよ。気掛《きが》かりなんだなぁ」

と、つぶやいて店《みせ》を後《あと》にした。

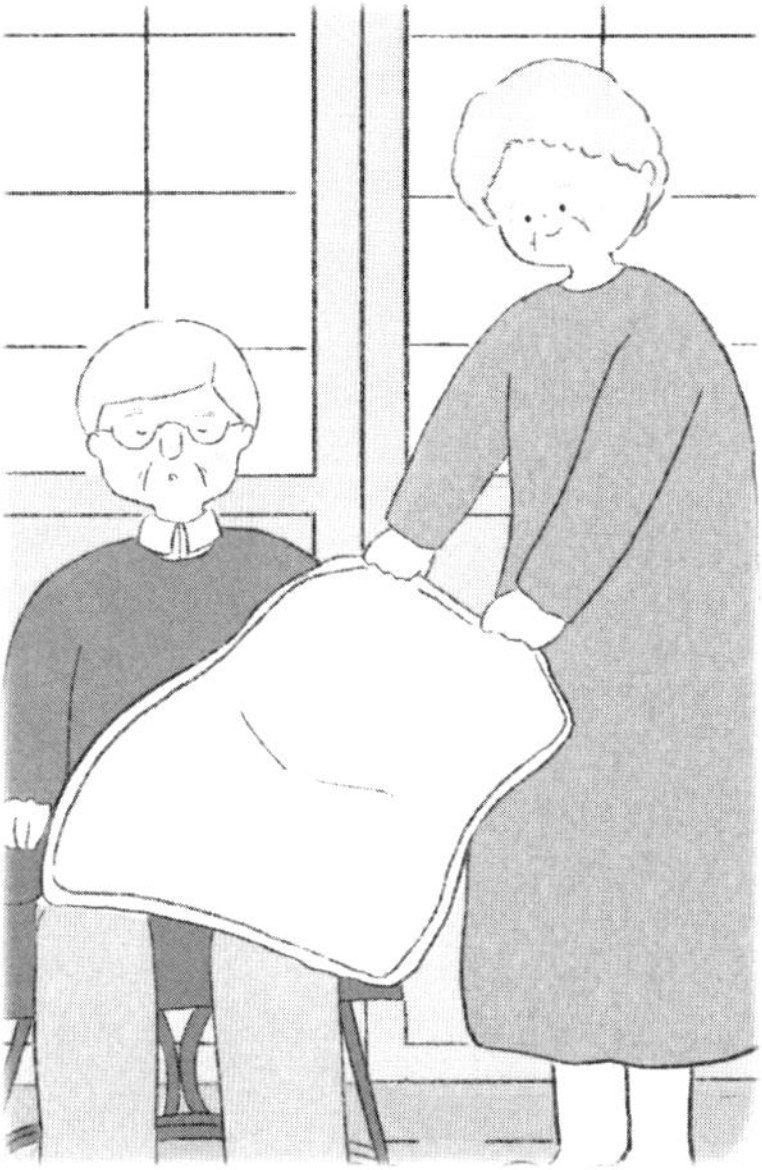

家《いえ》に戻《もど》ったじぃじは、縁側《えんがわ》の籐椅子《とういす》に深々《ふかぶか》と腰《こし》を沈《しず》め、昼下《ひるさ》がりのポカポカとしたぬくもりにくるまれて、ウトウトと居眠《いねむ》りを始《はじ》めた。うたたねをしているじぃじの膝《ひざ》に毛布《もうふ》を掛《か》けにきたばぁばも、心地良《ここちよ》い太陽《たいよう》の恵《めぐ》みを受《う》け、コックリ・コックリ、かすかな寝息《ねいき》を立《た》て始《はじ》めていた。特等席《とくとうせき》に身《み》をゆだね、安《やす》らかなばぁばの息《いき》づかいを旅立《たびだ》ちへのはなむけと受《う》け止《と》め、じぃじはタンちゃんやスケさん、サダやんのいる世界《せかい》へ出《で》かけてしまった。またばぁばを置《お》き去《ざ》りにして。

突然《とつぜん》のお別《わか》れは、脳《のう》の太《ふと》い血管《けっかん》が切《き》れたことが原因《げんいん》の一瞬《いっしゅん》の出来《でき》事《ごと》だったのだろうと、診断《しんだん》が下《くだ》されても、隣《となり》で寄《よ》り添《そ》うようにまどろんでいたばぁばにとっては、にわかには受《う》け入《い》れられない現実《げんじつ》だった。見送《みおく》るための心《こころ》の持《も》ちようを整《ととの》える間《ま》もなく、逝《い》ってしまったじぃじ。マイペースはじぃじらしくもあり、ばぁばにとっては最期《さいご》まで困《こま》ったさん。少《すこ》しばかり恨《うら》めしくもあった。でも……

じぃじは八歳《はっさい》の時《とき》に母《はは》を、十五歳《じゅうごさい》で父《ちち》を亡《な》くした。その時《とき》の光景《こうけい》が幾《いく》つになっても目《め》に浮《う》かぶと、お酒《さけ》に酔《よ》った勢《いきお》いで打《う》ち明《あ》けたことがある。

「おやじは、おふくろのいなくなった幼《おさな》い子供達《こどもたち》が不憫《ふびん》だと言《い》って、入院《にゅういん》を拒《こば》み続《つづ》けていた。背中《せなか》を丸《まる》めて胃《い》がんの激《はげ》しい痛《いた》みに耐《た》えている枕元《まくらもと》でみんなが集《あつ》まって〈父《とう》ちゃん、父《とう》ちゃん〉と何度《なんど》も何度《なんど》も呼《よ》び掛《か》けて泣《な》いた。おやじは、さぞ切《せつ》なかっただろうな……。十《じゅう》五歳《ごさい》にもなっていたのに、素直《すなお》でないタチだから、ありがとうすら言《い》い出《だ》せないうちに別《わか》れがきてしまったよ」

そして、

「おれは、みんなの泣《な》いている声《こえ》を聞《き》きながら逝《い》きたくないなぁ……」

と、繰《く》り返《かえ》していた。

降《ふ》り注《そそ》ぐ暖光《だんこう》を浴《あ》びて、まどろむばぁばの安《やす》らいだ姿《すがた》をこの世《よ》の最《さい》後《ご》の記憶《きおく》にとどめ、じぃじは望《のぞ》み通《どお》りに導《みちび》かれ、満足《まんぞく》そうな微笑《ほほえ》みを浮《う》かべていた。

春《はる》のお彼岸《ひがん》が過《す》ぎても、南向《みなみむ》きの縁側《えんがわ》に置《お》かれた籐椅子《とういす》の周《まわ》りには、まだ欠《か》けることなく陽《ひ》だまりが残《のこ》っていた。主《あるじ》のいなくなった椅子《いす》に、ばぁばは、そっと腰《こし》を下《お》ろしてみた。そして、お弔《とむら》いの席《せき》で弔問《ちょうもん》にきてくれた喫茶店《きっさてん》のマスターが語《かた》ってくれたじぃじの話《はなし》を思《おも》い出《だ》していた。

ばぁばに、ねぎらいの素振《そぶ》りもありがとうの言葉《ことば》も口《くち》にすることが出来《でき》なかった、ぶきっちょなじぃじ。ばぁばが長《なが》い間胸《あいだむね》の奥《おく》の引《ひ》き出《だ》しにしまい込《こ》んでいた、悔《くや》しさや怒《いか》り、寂《さび》しさを、甘酸《あまず》っぱい思《おも》い出《で》に変《か》えてしまう魔法《まほう》をマスターに託《たく》したじぃじ。

そのころからばぁばは、姿《すがた》の見《み》えないじぃじとお話《はな》しするのが楽《たの》しく思《おも》えるようになった。かつて籐椅子《とういす》に座《すわ》り、見《み》えない誰《だれ》かに話《はな》しかけていたじぃじのように。

芽吹《めぶ》きを待《ま》つもみじの木《き》の下《した》、去年《きょねん》の秋《あき》じぃじが腰《こし》をさすりながら植《う》えた水仙《すいせん》が可憐《かれん》な花《はな》を咲《さ》かせていた。

「わたしのお迎《むか》えにくる時《とき》には、

〈ありがとう……〉

言《い》って下《くだ》さいますよね……」

水仙《すいせん》の花《はな》は東風《こち》にゆれ、縁側《えんがわ》はほのかな甘《あま》い香《かお》りにつつまれていった。

Risuke Yamazaki

著者プロフィール

立石　しづ子（たついし　しづこ）

1925年生まれの父は日本男児、銃を持ち国のため散れと教えられました。

1926年生まれの母は、その銃後を守れと教えられました。

いくさが終わり、企業戦士となった父は、24時間戦えるほどタフであれと励まされ、戦いぬきました。

母はその戦士の銃後とも言える家事、育児、雑事一切を引き受ける生き方を選びました。女性が自由に生きる道を選択出来る時代に、社会の仕組みも世の中の考え方もまだまだ追いついていないと、感じ取っていたからです。

これからの時代を過ごされる方々の世が、平和の中にあり、男女問わずそれぞれの希望する人生を自由に選択が出来る、そんな時代でありますよう祈念している、1952年生まれの（ばぁば）、二世です。

小学校三年から中学一年まで父の赴任先のアメリカで過ごしました。

帰国後日本の文化・歴史に興味を持ち、筑波山の自然や歴史をモチーフにした絵本「こだぬきポン」を過去に文芸社さんより出版。

本文イラスト：やまざきりすけ、イラスト協力会社／株式会社ラポール イラスト事業部

ばぁばのひとりごと

2023年12月15日　初版第１刷発行

著　者　立石 しづ子
発行者　瓜谷 綱延
発行所　株式会社文芸社
〒160-0022　東京都新宿区新宿１－10－１
電話　03-5369-3060（代表）
03-5369-2299（販売）

印刷所　図書印刷株式会社

©TATSUISHI Shizuko 2023 Printed in Japan
乱丁本・落丁本はお手数ですが小社販売部宛にお送りください。
送料小社負担にてお取り替えいたします。
本書の一部、あるいは全部を無断で複写・複製・転載・放映、データ配信することは、法律で認められた場合を除き、著作権の侵害となります。

ISBN978-4-286-24670-3